박현우 시집

머문 날들이 많았다

머문 날들이 많았다

인쇄 · 2025년 5월 7일 ┃ 발행 · 2025년 5월 12일

지은이 · 박현우
펴낸이 · 한봉숙
펴낸곳 · 푸른사상사

주간 · 맹문재 ┃ 편집 · 지순이, 김수란, 노현정 ┃ 마케팅 · 한정규
등록 · 1999년 7월 8일 제2-2876호
주소 · 경기도 파주시 회동길 337-16(서패동 470-6) 푸른사상사
대표전화 · 031) 955-9111(2) ┃ 팩시밀리 · 031) 955-9114
이메일 · prun21c@hanmail.net
홈페이지 · http://www.prun21c.com

ISBN 979-11-308-2246-4   03810
값 12,000원

푸른사상
시선

204

머문 날들이 많았다

박현우 시집

푸른사상
PRUNSASANG

고백

내 벽을 쌓고 그렇게
바람 따라 바람도 없이 흔들리고 흐르고
꽃잎보다 뿌리를 섬기던
낡은 족보 가슴에 담아

그렇게 쓴

견고하다 자찬한 벽들에 금이 가면
틈 비집는 무명의 씨앗처럼
역설이 역설을 만난
무화과처럼

머문 날들이 많았다

마음 열어주신 분들께 감사하다.

2025년 봄 풍암동에서
박현우

| 차례 |

■ 시인의 말

제1부 아적은 꽃

제2부 **아무리 맵다고**

| 차례 |

제3부 갔다가 또 와

제4부 **진도, 그 거리쯤에서**

제1부

아적은 꽃

늦맺이

저거 제구실이나 할까 몰라

강아지풀 아늘거리는 길
한세상 짚고 가는 지팡이

폭우에 쓰러진 콩대 붙들어 매다가
구부정한 허리 펴던

뿌리까지 마음이 통했는지
느지막이 가지마다 구실이 생겼다

머문 날이 많았지만.

틈을 메우며

샤워기 아래 개미 한 마리
외롭기도 짠하기도 해 가만두고 보았더니
한 놈 두 놈 연이어 오가며 틈을 넓힌다

인연이 그럴듯하게 포장된 술을 마시다
돌아서며 느낀 공허와 울렁거림 사이
큰 아픔이 오갔듯이

상처는 은밀한 틈을 비집고 드러나지

단절은 새로운 미래를 만들고
오랜 시간 부대껴온 파도는 곱돌을 만든다고
그래, 회를 바를 수밖에.

아적은 꽃

노친네 세 분이서
버스 정류장 의자를 차지하고 앉아
함께한 육십 노인 처지를 묻는데

긍께라,
울 엄매도 아흔이 훌쩍 넘었는디
삼십 줄에 홀로 돼 쌩고생하는 게 짠해서
어찌어찌 함께하다 보니
이젠 온 삭신도 쑤시고

그랴,
자석인께 차마 눈 돌리지 못하고
으메, 어쩌겄어 고상은 했네마는
아적은 자네, 꽃인께로
얼른 보내부러야 쓰겄구만

쯔쯧.

입동

고추바람 분다

기다림은 그리움보다 깊어

갈꽃은 저리 흔들리고

술렁임 가라앉은 강심도

차갑게 물들지니

낮아진 겨울 문턱 너머

한 무리 철새들도 노을에 빠진다.

그러고도 한참

잘못 든 매미 방범창에 발 묶인 이후
허물이 된 소리들 이명이 되어
헛헛한 기다림의 넋풀이나 하는 듯
낯선 것들까지 창살을 뚫고 와 귀를 세우고

청아한 노래 품어 읊조리던 노거수도
제 쓸쓸함의 울대를 떨어보지만
허공을 휘젓던 귀고픈 가락들은
그러고도 한참 머물다 가더라

허물을 벗는다는 것은 최소한
내 안의 맑은 소리 묶어두는 일인 듯이.

배동

봄비는 내려
밤 이슥도록 소쩍이 애타게 울더니

산비둘기 꾸꾸 꾸국
울밀한 시누대 숲이 흔들리고

산 밑 노지 밭 산벚나무 가지에서
넉살 좋게 깍깍거리는 까치

머윗대 꺾는 주인 여자 머리 위로 낮달이 멈춰 주위를 살피기도 하여

밭머리 가생이 파릇하게 고갤 내민 보리 몇 줌이
엉덩이 씰룩거리며 진달래와 눈 맞춤하다가

은근슬쩍

폴폴 날리는 벚꽃 사태에 온갖 숨들이

까칠한 관계로 배를 불린다

멀리 아지랑이까지 염문을 지피며
봄 한철을 앓는다.

울컥

마음은 가깝고 몸은 멀어서
연두 바람에 봄꽃은 지고

오래도록 마주한 것들
하나둘 사라져
더는 잊지 않으려
가까이 다가가 내민 손에

두리번거리던 눈동자 심히 흔들리더니

마스크 벗자
세상 가장 깊은 눈물샘도
덩달아 붉어지는

눈 돌려 창가를 보니
애지중지 키운 산반 한 촉이
돌밭 같은 어미 품을
빨고 있었네.

은목서가 있는 풍경

만귀정 취석(醉石)에 앉아 취하도록
서창 들녘 낙조 보노라니
내 사색의 창을 뚫고 든 실바람에
눈 시리게 손 흔드는 갈꽃

이별을 새기며 잘 마른 잎들이
은근 들여다보는 하늘가
가을이 비운 것들은
뗏장 구름이 되어 황홀하게 부풀어

한결 가벼워진 마음만큼이나
휭한 들판에 마지막 남은 빛이
여백을 메우면
천 리 밖 은은한 소식이나 듣는 듯

저만치 물들어오는 달빛이 향기롭다.

정류장 옆 느티나무

긴장도 없이 하루를 보내고도
무거운 자의식을 끌며
움츠러든 옷깃을 세워보는 것인데

외롭지 않네

성한 잎 하나 남기지 않은 몸으로
잠시 머물다 가는 것들 배웅하는 법을
일깨우기나 하는 듯 그렇게 늘

붉어진 눈시울 내 안으로 받는 것처럼
누군가 남기고 간 고독을 챙기며

온기 잃은 빈 의자에
떠난 것들의 이름으로 등짝까지 내주는
눈꽃 맞는 네 곁에 서면

쓸쓸치 않아라.

월영(月影)

철새는 떠나고
씨눈들은 눈을 맞으며 숨죽이고

설설설 거기 숨어들어 외로이
귀 닫고 듣다 만 설(說) 또는 썰들에 쌓여

천천히 허물을 씻는 댓잎
고절(孤節)을 껴안는 저만치

뽀드득 뽀드득
달그림자 빈 의자를 지키고 있다.

아무래도 나는

거기 돌담집 느티나무가 있던
시내 어디 마담을 했다는 분내에 취해
허둥대던 순간들만큼 진하게
아까시 꽃 머리에 꽂아
풋살구 햇살에 입 맞추듯 곱디곱다 하여

느티나무 숭숭 뚫린 그늘에 앉아
오월 그날을 흥얼거리면
구석을 파고드는 저린 가락이 치렁치렁 망울져
순례길이나 되듯 주위를 맴돌다
슬쩍슬쩍 넘겨다보기도 하던

이팝꽃 펑펑 터지는 망월동 지나며
베어진 천 리 밖 거기, 밑동에 싹을 틔운 얼굴이
앳된 손짓 하는 것을 보면
오월 한복판에서 아무래도 나는
슬픔의 파편이나 끌어모으는 방관자 같아.

통증

누군가를 잊으면 괴로움이듯
지난 상처까지 찾아볼 일이지만
동명동 후미진 골목을 밝히던 덩굴장미
그 집에 살던 아이 어디론가 끌려가
애비 숨을 조일 때
더 아프게 담장 타고 오르던

그마저 우리 안에 받아들이며
그렇게 살아온 아픔 보듬어보는 일
그토록 함께 살아보는 일
눈물 마른 어미의 저민 사랑 같은
지산동 뻐꾸기까지 목 놓아 우는
저 붉은 오월의 하늘 우러를 일이다.

고하도 가는 길

준비하지 못한 이별을
뜬눈으로 보낸 시간 헤아리지 못해
희노란 리본들 저리 몸서리치지만
돌아오지 못한 사연들은 물거품이 되었나

시대의 거친 파도 속
스스로 총부릴 거두어
고하도로 향했다는 처숙부 결단과
신항만에 바로 선 녹슨 세월호

그 질긴 인연이 자꾸 겹쳐 오는 것은
너무 쉽게 잃어버린 어리석음만 같아
석양에 가물거리는
삼학도 파도를 애상하기 전에

숨기고 감추다 무뎌진 우리네 자화상을
되짚어봄 직하여

하얗게 노적을 쌓은 목화밭 밟으며

고하도 꼬부랑길 힘겹게 간다.

상외상(像外像)
― 홍성담 화실에서

화실 가득 갯바람이 든다
붓끝에 묻어내린 상 밖으로
청죽을 든 갯가 사람들
꽉 막힌 놈들은 총검을 들고
조각도 끝에서 떨고 있다

수묵처럼 번지는 긴장 속
피아가 눈싸움하는 화선지
눈동자에 맺힌 실상은
우주처럼 넓고 허상은 빛이 되어
담아낸 풍경마저 저리다

온몸으로 새기는 목판의 반란
또 다른 상들이 맺히고
화백의 흰머리 여백으로 남아
그림 밖에서 시가 되어 떠도는
혼, 자주의 화염.

광장의 밤

멀어지는 것들이 있지
홀로 울부짖는 낙화 같은

각양의 몸짓으로
더러는 증오의 팻말을 들고

솟구치는 아우성
떡목이 되도록 하나가 되어

되짚어 어둠을 엮어내
단단히 몸을 묶는

한없이 푸를 날의 시가 있지.

바다를 건넌 사람들
— 전정호 판화전

연화부수 하의도
맨몸으로 바다를 메우고 산을 깎고

선조의 딸 정명공주에게 하사하여
일토양세를 강제하던 섬
저주를 짊어진 지게 위 소금보다 짠 통곡이
오래도록 죽창을 들다 쓰러지기 몇 번

찢긴 몸뚱이 하나로 건져 올린 유린의 땅바닥에
기어이 뿌린 씨앗들이 섬 섬으로 이어져
곰솔처럼 뻣뻣하게 뿌리내린 민초들 눈빛을 보라

해방의 환호성이 가시기도 전에
적산이라며 소작료를 강요하고
저항하는 주민을 폭동으로 몰아가던 미군정에도
기어이 피워낸 자주의 섬

식지 않은 농지탈환 운동이

인동초로 싹을 틔우기 350년
전정호 판화로 활활 타오르는
저녁노을미술관.

제2부

아무리 맵다고

꽃 편지

노자를 읽으며
강기슭에 번진 숲 그림자를 좇는다
일렁이는 윤슬의 명암

교직을 떠나는 날
빈 책상에 덩그라니 꽃 편지 한 장
"세상에 눈감는 자는 되지 않겠습니다"

종례 후 칠판에 진수무향(眞水無香) 써놓고는
반쯤 눈감고 살아도 볼 일이나
악에는 급이 없으니 따르지 말거라

환한 대낮 한 빛에도 명암이 있거늘
저 강물처럼 살아라 했음 좋았을까
괜한 얼굴들이 잔물결로 다가오는 것은.

조기 교육

술자리는 늘 그렇지요
화두는 생뚱맞게 조기 교육입니다
갑론을박 술을 보챕니다

분위기 잘 잡는 친구 불쑥,
"조기에는 고독한 할애비 냄새가 난다
고독의 맛을 느끼는 교육이 필요하다"
한바탕 웃음꽃이 핍니다

점잖고 말수 없던 친구 나서며
"눈코 뜰 새 없이 남의 일 하면서도
새끼 한 사리 꼬아야 주무시는 아버지 생각하여
나도 새끼 꼬길 시작했는데
지푸라기 비비는 쾌감이 최고더라
도시로 나와 취직은 했지만
가방끈은 짧고 가진 것은 없고
누구 바짓가랑이라도 붙잡아야 했지만
비빌 언덕이 없어 막막하던 차에

새끼 꼬던 시절이 생각나는 거야"

부끄럽네만

"자알 비비면 되잖아!"

소주잔 받던 날

내 이름이 새겨진 소주잔 받던 날
잔 가득 술을 채우며 30년 전으로 넘어갔지

점심 끝나 어수선한 시간 춘곤증도 더해
학습 목표도 없이 시 제목 써놓고 노랠 부른다
"나는 온~몸에 햇살을 받고~"
풀린 눈으로 삐쭉 내민 입술 움짝거리다
복도로 향하는 애들의 눈 애써 외면하며,

술잔을 부딪치던 그녀들이 깔깔 웃는다
곤욕을 피한 나를 위하여 건배,
교장 선생님께서 물었지 국어 시간에 노래냐고
오늘은 장학지도 있는 날인데
"빼앗긴 들에도 봄은 오는가~"
그러면 안 된다고 한 소리 듣고 왔지만

시 한 편 외우지 못하는 애들과 타인의 시나
해부하고 있는 내 처지 생각하며 종례하러 갔더니

선생님 괜찮냐고 울상이던 애들이
붉게 물든 얼굴로 노랠 부른다
손가, 이가, 강가, 다음으로 나는
그날 다하지 못한 노랠 부르며 취해갔지.

아무리 맵다고

은, 연, 진, 옥, 미, 선이
선이네 가게에서 만났습니다

은이가 병권을 쥡니다
제 말대로 소맥을 잘 말아 돌립니다
각자 방식대로 시원케 잔은 비워지고
첫 인연의 시절로 붉어집니다

흘려보낸 시간만큼이나 되도록
풋풋한 얼굴로 마주하는
신산이 섞인 침방울을 튀깁니다

둥굴레 무리 가장자리 차지하고 피우던
애기나리꽃 닮은
저마다 별꽃 한 송이 가슴에 안고 살아낸
섞어 치는 잔이 애틋합니다

고추 안주가 맵다고 하자 한 친구 나서며

선생님 앞에서 죄송하지만
아무려면 세월보다 맵겠냐?

평택으로 간다는 '미'를 배웅하며
뒤돌아서는 뒤통수가 사뭇 땡기더니
제 낯도 점점 뜨거워졌습니다.

어떤 인연

점심시간 짬이 나 어등산 저수지 길 오르다
이른 대숲 부근에서
등걸만 남은 철쭉을 쑥 뽑아 다듬어보니
제법 그럴듯 폼이 나
첫눈에 든다는 것은 벅찬 들뜸이거나
무모한 이기심 같은 거라 자문도 하며
분에 심어 그의 성이 차도록 다가갔지만
몇 날이 지나도 시름시름 앓는 모양새다
30여 년 살던 열일곱 평 보금자리 떠나던 날
데려와 새집 베란다에 자리 잡아두고
이심전심 외롬이나 나눌까 했는데
저나 나나 향수병이나 걸린 듯
우울한 날들이 늘어갈 무렵, 내 직장도 거의 끝나
어등산 돌아다보며 대숲 지나는데
움푹 팬 자국이 자꾸 눈에 거슬려
제멋대로 살게 할 걸 그랬나, 후회도 했지만
꽃샘추위 요란하던 겨울 끝자락
송별식에 거나하게 취해 돌아와

미안한 마음이나 전하려 베란다 문 열었더니
아이고야,
잘려나간 가지마다 멧새 부리 같은 꽃눈들이
두런거리고 싸하게 대숲 바람 소리까지 머금어
술이 확 깨고 어찌나 화끈거리던지
재빠르게 그의 입술을 축여주고
소갈딱지 없는 스스로를 한참 들여다보았더니
새로 든 집 걱정이며 실직의 아픔까지
낯익은 문장처럼 풀어지는 겁니다

어둔 밤 별 하나 반짝 떠오른다고 세상이 다
환해지는 건 아니라도
이런 인연 하나쯤은 간직함 직하더라고요.

소만 죽추

이슬이슬 비는 내리고
몸집 키우는 개울

고이 스민 것들의 이름으로
저마다 솟구치는 화양의 빛

일손 놓은 노인들 우산각에 모여
새우잠 자다 말고

다복다복 피다 지는 꽃을 바라
긴 생각에 잠기기도 하는

세상이 소만이면 그만인데
근심으로 이어지는 밭두렁 거닐다

어젯밤 찾아온 길고양이 젖멍울이
눈에 밟히는 것은

가랑비에 우쭐대며 솟던 죽순 때문일까
하늬바람 스쳐 간 대숲이 누렇다.

밥은 먹고 사냐

퉁퉁 불린 보리밥 쉬파리 끓어
맹물에 흔들어 내온 둥근 밥상

그런
밥 한 그릇을 위해 질끈 눈 감아야 했던

시시로
밥은 먹고 사냐?
목소리 뜨스운데

밥 안 먹으면 경찰 부른다
어서 밥 좀 먹어라
통사정하는 젊은 엄마의 외식 밥상

밥 한 끼가 모나다.

봄동

풍암동 가는 59번 버스 정류장 모퉁이
납작 엎드린 노인 곁에 더 납작 엎드린
마른 귤껍질 닮은 손으로 손질해놓은
생의 벼랑에서 산비탈 한 뙈기 땅 얻어
자식들 입 덜고 겨우살이 연탄 몇 장이라도
장만해야 한다며, 날 잡고 하시는 말씀

"예전에는 말이여 김장 배추 뽑고 나서
구실 못 하는 것들이 아까워 합수통 이고 와
휘휘 뿌려두면 지도 살겠다고 땅바닥 기며
서릿발 눈발 이기고 들엣 것들 다 멕이고도
남은 것이 징한 봄똥이지라"
한사코 한 줌 건네는

삶의 마지막 맛을 여물게 하는 일이
저 어머니 거친 손등 같으니 어쩌랴 똥이면
더 낮게 피워내는 달큰한 마음이면 그만이지.

첫눈 몸살

첫이란 설렘으로 길 나섰지만
황산벌 가로지른 눈송이 어지러워

낮은 능선을 질주하는 백제 사람들이
동맹군을 향해 수없이 화살을 퍼붓는 동안

5층 석탑에 멈춰 연신 셔터를 누르며
전승기공문에 환호하는 무리

부소산 오르는 궁녀 몇은 칼바람을 품고
패국의 그림자를 좇는 것이어서

내 하루는 첫눈처럼 사라지고
달아오른 이튿날은 몸살로 쪽팔렸다.

간지런 데가 있는갑소

어찌어찌 알게 된 시를 쓰는 그녀가 밥을 산다고
그가 전한 약속 장소로 가던 중,
옆지기 시인과 차 안에서 잠깐 서먹하기도 하여
딴청으로 어슷하게 가려오는 몸뚱일 핑계 삼아
생뚱맞은 농지거리 좀 했더니만

웬 밤중에 홍두깨라고 오는 답이 으스스하더라
이럴수록 뻬딱하게 가볼 심사로 한술 더 떠 외면하다
곁눈질로 힐끔 보니 분명 문제가 있긴 하다 싶어
도깨비바늘이라도 붙은 듯이 털어보았지만 내 등을
타고 오르는 도깨비풀이 아예 방석으로 깔렸다

연이어 애먼 경적마냥 댕댕거리는 잔소리도 퉁치며
조금은 소원해진, 모냥 빠진 모습을
백미러를 통해 보던 기사 양반 웃으며 하시는 말씀,
"어째서 그리 긁어 쌌소, 어디 간지런 데가 있는갑소"에
웃음 한바탕 내려놓고 왔다는.

보따리 두 개

먼 곳으로 여행을 떠났다는 그녀 소식을 듣고 버스를 탔다
자꾸만 하늘은 비워지고 어른거리는

북적이는 사람들 사이로 이리저리 밀리는 할머니 한 분
더러는 자울거나 핸드폰에 취해 고갤 처박고 앉아

안으로 들어가라는 운전기사 성화에 차이는 보따리 하나
질주하는 세상을 버텨온 낮은 허리에 묶인 또 다른 보따리
우연인 척 그런 척 외면하는 동안 차이고 짓밟힌 것들
가만 손 내밀어보는 것인데 그때마다 버스는 덜컹거리고

그대 한 짐 부리고 가는 길도 보따리에 묶인 노인의 길도
아쉽지만 종착지는 같을 거 같아

가끔은 보자기에 싸인 감추어진 몸부림도 챙겨보며 가자고
문은 열리고 닫히나 보다.

고맙다는 말

극한의 신경을 돋우던 술의 경솔이 시야까지 허물어
고장 난 자물쇠가 나를 가둘 때 새벽은 더 날카롭게 파고
들어

달무리 밖에서 꿈틀거리던 먹장구름까지 눈발을 몰고 와
먹먹한 자아에 꼬장을 부리기도 하는

세상 밖을 떠돌다 자리 잡은 어느 장군의 흉상 가벼이 내
쳐지는
몰상식을 살아내는 법을 몰라

풀리지 않는 세상에 번호키를 달아
아무도 모를 비밀번호 저장해주고 떠난 그에게 마음 열
어 전하는

고맙다는 말.

매미

당제 끝난 노거수 아래, 마을 사람 몇이 남아 음복주를
나누며
　농악패가 남긴 여운을 뒤풀이하고 있었지

　집사 보던 김씨 제복을 벗어 가장 낮게 자리한 나뭇가지에
　턱하니 걸어놓더니만 치렁한 옷고름에 차여 발라당
　멋쩍어 뒷머리 긁적이다 부러진 가지에 찰싹 달라붙은
　매미 허물 낯 붉히며 요리조리 바라보며

　저 양반은 수백 년을 제 허물 벗으며 생살 찢어 눈을
　틔웠을 거라, 하지만 내 입은 옷 하나 건사치 못한 칠칠
함이랴

　칠여 년을 땅뙈기 파고들어 어렵게 오른 나뭇가지 잡아
두고
　제 등짝 가르고 나와 가장 뜨거운 날 목청껏 울어보다
　미련 없이 떠날 줄 아는 것을 저리 보듬어

한 자리 내주는 어르신 촉수나 건드리는 존재라니

축관이던 김 노인 잔 비우고 수염 쓸며
"생살 뚫고 나와 제 허물도 못 벗고 가는 놈들 수두룩혀"

뻥을 튀기는 리어카 옆에서

동지 지난 초등학교 울타리를 뚫고 누군가 날린 연막이
자욱하다

삭은 나목이 남긴 어슬어슬한 그림자를 밟으며 걷는 나
는 정오 뉴스
단독 기사를 달고 나온 어떤 여자의 가방에 허기를 느끼
다가
좌판도 없이 차디찬 땅바닥에 푸릇 몇 줌 놓고 앉은 또
다른 시선들을
끔찍이 사랑이나 하는 듯 그 리어카 옆에 다가서

구수하게 퍼진 사람 사는 냄새를 강제한 뉴스 속, 이편저
편 사람들
격조를 생각하며 아무래도 아니지, 아니지 하면서도 알
금알금한 세상
헛도는 리어카 바퀴처럼 잘도 굴러가는 나를 들여다보는
것인데

앙상한 가지에 쓸쓸함 돋우며 드러낸 까치집처럼 얼키설키 살아보면

　어떤가 하는 순간, 뻥튀기 한 봉지에 눈이 꽂힌 어린 눈빛 바라보다

　사노라 너무 많은 뻥에 뻥튀기를 당하고 보니 뻥뻥 튀기는 소리도

　뻥튀기를 가린 연막에도 웃는 뻥튀기 장수에 야릇한 쾌감을 느꼈지.

구두를 닦으며

형식을 주문하는 소리 소리를 외면하며
번들거리는 세상을 꿈꾸는 내가 참 한심하지만
청승맞게 기억도 가물가물한 너를 꺼내본다

오만 잡것들이 진을 친 흠집투성인 앞굽
짓눌린 오랜 시간까지 덧칠된 까닭인지
아무리 돌아봐도 광발이 날 기미는 없지만

투정 한 번 없이 발밑에 깔려
나보다 더한 짐 이겨낸 너 꼭 절망은 아닌 듯도 하여
조심스레 걸레를 들어보는 것인데

고마움보다 먼저 세사 오욕에 찌든 네 몸에
약치고 마른침 택택 뱉는 나 얼마나 가소롭냐.

제3부

갔다가 또 와

사거리 집 감나무

허물어진 헛간 옆에 큰 벽오동나무와 은행나무가
궂은 날들이 많았을 양주의 그늘이 되어주더니

멀리서 온 듯한 쓸쓸한 바람에 잎사귀 다 떨구고
태생적 인연마저 그늘 한 평 내주지 않아서
어렵게 감나무 한 그루만 탯줄 묻힌 흔적이며
주춧돌 방구들까지 스스로 채운 고독의 줄기를 세워
먼 데 손님 기다리며 가뭇없이 흔들리더니

헛간도 사라지고 은행 줍던 이도 오동에 들던
빗소리에 취해 귀가하던 이도 오질 않는 밤이면
누군가의 얼굴로 떠오른 달이거나 길 잃은
새들의 노래 붙안고 굳어진 그리움 불러내
입 하나 덜기 위해 떠난 이름들을 호명하기도 하는

그 집 마당에 홀로 남은 사랑이 홍시로 붉어요.

갔다가 또 와

장성 사거리 자라뫼 밭에 가니
갈아엎은 이랑 사이 뾰족이 솟는 풀

저리 모진 것들과 함께한

처가 마지막 지키시는 이씨 할머니
뒷짐 지고 나와

가버린 시절 허리 굽히는 동안
다가오는 모든 것이 그리움이라

손수 짠 들기름 손에 안기며
"갔다가 또 와~"

이승의 더없는 여운이여.

하늘다람쥐 한 마리가

상수리나무 숲 다람쥐 두 놈 수작하다 말고
양 볼따구 씰룩이며 도토리 한 알씩 물고 간다

지나던 바람이 이슬 털어 몇 방울 남긴 자리마다
새 움이 트고 꽃 피워 온갖 새들 날고
밤이면 별빛 달빛에 젖어 먹이를 찾고 줍는
등골 휘는 생존도 아낌없이 내주는 숲

누구의 욕망도 탓하지 않고 퇴색한 낙엽을
원망치 않는, 깊거나 얕은 골 따라
안개비가 내려앉아 생사를 고이 받아들이는
상수리나무 숲 아래 잘 닦인 길이 나더니

이윽고 이승의 마지막 길 배웅하는 리무진 한 대

돈의 두께만큼 베어지고 파헤쳐진 숲 가장자리
하늘다람쥐 한 마리 고갤 내저으며 자릴 뜬다.

목련꽃이 웃었다

산길을 배회하는 동안
뉴스는 연신 꽃 소식을 전하고
곁사람과 걷는 갈참나무 숲 붉은 산자고 꽃
해마다 눈길 마주한 덕에 다시 찾아
밝아진,

인연 되새기는 동안
따스한 마음 하나 꺼내는 일이
하도 숨차고 벅차지만
저 환장할 자목련 수음이 내뿜는 쫄깃함이
지금도 남아 있는 것인가
어느 사랑을 헤엄쳐 가는 일은,

봄꽃 한철 껴안다 보면
회오리치듯 버려진 것들까지 찾아와
마음 졸이게 하는 까닭은
저리 일렁이는 사색들이 저마다 살아온

색깔의 폭을

살짝살짝 넓히는 때문이리.

하루

꽃으로 피어난 이름들과
어스름 빗소리로 맺히는 모습들과
무엇이 있어 이리 덜컥덜컥 오는지

땀방울 식히던 사랑나무
풀벌레 울음 서성거리는 빈 의자에
흐린 달 홀로 앉아

삶에는 늘 높은 문지방이 있다며
공허 밖으로 날아가던 새
온몸 뜨겁게 붙잡고 싶던

무명의 그늘에 갇혀
서안을 지키는 허허로움 곁
겨울로 가는 바람의 무게 견디며

내 안으로 긴 시간을 쪼개
한 치의 흐트러짐 없이 달려드는
저 두려운 초침.

참새가 놀던 자리

은행나무 주위에 멋대로 자란 풀꽃 틈으로
참새 서넛이 어울려 눈귀 호강은 한다만
땡볕에 풀 죽은 이파리들 끼리끼리 모여
작은 입 벌려 토해내는 가쁜 헐떡임에
지나는 바람도 숨을 죽인다

석양이 우려낸 산마루에 드문 별 몇 개와 흐린 달이 조우
하고
멧비둘기 짝 찾아 구구대면
벌 나비 술렁이던 감나무 아래
나름의 옷을 입은 풀꽃들이
다소곳이 고갤 들어 내일을 소곤대지만

잠자리 한 군데 정하지 못해 어슬렁거리는 냥이
동그란 눈에 어린 긴장 같은 어둠이
풀잎들에 이슬 몇 방울 남겨
싱그런 아침을 짹짹거릴 것 같은 뒤란
뿌리 깊게 감춰둔 절대 암향 기지개 켠다.

지우개를 찾습니다

사업을 하다가 사기를 당했다는 후배
몇 순배 돌자 하는 말이
성님, 그랑께 한때는 나도라

이리 보고 저리 재며 요 핑계 저 핑계
잘도 지우던 그런 시절 있었지만
시방 거시기 두 쪽만 차고 보니
둘러대며 달려온 만큼 얼룩진 흔적 하도 많아
싸잡아 몽땅 지우고 가야 쓰겄는디
얽히고설킨 이놈의 팔자는 어떻게 지운다요
가닥가닥 풀어서 살풀이라도 하고 잡소만
구순 넘긴 엄니 두고 굿판 열
그런 자석 어디 있겄소
워메, 복창 터져라 신물이 다 나요
이내 간장 타는 심사 박박 지울
그런 지우개는 없을꺼라?
성님도 내 처지나 다름없응께

속이나 시원하게 말씀 좀 해주소

그려, 그런 것 있음 날 지우고 자네 줌세.

드들강에 앉아

자정 무렵 시동을 걸어 간 자리
쑥부쟁이 몸 내주는 그런 자리

외로워서 즐거운
떡밥은 크게 달고
미늘 없는 바늘은 작을수록 좋아
바닥 드러난 강, 찌도 삐딱하게

조낭을 맨 큰형
밀물 거슬러
원포리에서 백술 냇가까지
대나무 낚싯대를 연신 던지며 간다

월척을 기대하지 마라
잔챙이 입질도 없는 날들
크게 헛챔질 하다 보면
드들강 아픈 사연 건질지 몰라

달빛 따라온 꽃들, 강물 따라간 꽃씨들 마음에 담아
기다림이나 배우다가
도도한 강심
청정한 달의 위상 낚아 올리면 그만이지.

가을비에 부르는 이름

가을비는 내려 장어집 처마 밑에 앉으니
된정난 도시가 드러나고
온갖 방황을 쓸고 가는 회오리바람

장성한 두 아들 가슴으로 마주하자
성장만큼 아득했을 벽들이 보여
권커니 잣커니 잔을 채우는 것인데

험한 길 걷노라 굽은 강 따라 예까지 온 장어들
행적을 좇는 일처럼 돌아보는 일이
사랑, 몸부림이라면
잎 끝에 잠시 머물다 가는 빗방울쯤이야

거부하던 몸부림까지 따숩게 안아주다
흐릿한 실눈에 오만 정 담아 간
몰래 불러보던 이름도 거기 있어.

칼국수 먹는데

아내와 바지락 칼국수를 먹는데
성하지 못한 입안을 자꾸 거슬린다

씹다가 뱉고 그냥 삼키기도 하면서
우려낸 국물까지 바닥은 봤다만
뒤끝이 영 개운치 않아

옆자리 노부부 파란의 세월
소곤소곤 씹으며
바지락 살 고이고이 주고받으며

"남은 치아 상하겠네만 국물은 좋제"
병색 깊은 할머니 연신 고갤 끄덕이며
"좋소마는 언제 또 올랑가 몰라"

한 무리 속창 빠진 껍데기들만
막무가내 쌓여가는 칼국숫집 오후.

청보리밭에서

마당 가득 보릿대 쌓이고
타작기도 신명 나게 난장을 칠 적이면
일꾼들 얼굴 가득 땀 먼지 범벅되어
번들거리곤 했지

이따금 시원케 바람이라도 칠 양이면
흩날리는 꺼시라기에
타작기 멈춰두고 땀을 훔치며

워따메 징한 것들 그 틈에 사타구니 파고든다며
우스갯소리 잘도 하던 개울재 아짐도
새참이 늦어서 선소리가 안 나온다며
타작기 늦추던 선배 아재도 없는

고창 청보리밭 축제 사람들 틈에 끼어
까칠한 땡볕 속 거닐다 보니
한 시절도 어느덧 바람의 시가 되어
깔끄럽게 출렁이고 있었네.

총각김치

명밭 고랑 드문드문 무를 솎습니다
아랫집 추자도 아짐은 고놈 참
막둥이 거시기 닮았다며 웃습니다
다래 맛에 취한 나도 따라 웃었지만
퍼런 잎 숨죽여 멜젓 냄새 뒤집어쓴
무김치 한 사발 새참 때 아짐은
워메, 고놈 막둥이 거시기 닮아
사근사근 맛나네
엄니와 눈 맞추며 또 히죽거리는 겁니다
아따, 거시기가 뭐랑가요? 묻기는 했어도
뭔가 켕기며 여럽던지
엊그제 마눌님 총각김치 맛있다며
젓가락질 요란할 적
명꽃 같던 아짐 환한 미소가
아삭아삭 자꾸만 씹히는 것이어서

뭔 놈의 총각김치가 그리도 맵던지요.

지금은 수술 중입니다

첫눈이 어둠을 사르는 골목에서
어느 바람이 쌓아놓은 눈더미에 미끌린
상처의 파편을 보는 것인데 불현,

바람을 거슬러 가는 저 새들이 언젠가는
내 안의 절망마저 쪼아대리라는
야릇한 반란을 꿈꾸기도 하면서

한없이 제 안의 갈등을 숨긴 채
가장 낮은 곳에서 물보라를 피우며
부서져 희망이 되기도 하는 폭포를 떠올리면

물줄기 하나 없어도 끝없이 떨어지는 눈
저 바람의 맹지에서 서로의 등 두드리는
은사시나무는 온몸으로 바람꽃이 된다

꺾이어 흐를수록 더 깊어지는 강
쓸쓸함이 통증을 담보하는 겨울 복판에서

설풍을 향해 몸을 묶는 은박의 설령(雪靈)들

순결은 무언의 연대를 낳고
지금은 누군가의 칼바람에 쪼개진
연민의 뼛조각을 맞추는 중입니다.

애증의 그림자

고물상을 지나다 잠시 나를 본다
무게로 저울질당한 가벼운 가격도
폐지 속 시집 몇 권 찌그러진 깡통 같은

길고양이 어정거리는 쓰레기 더미
얼굴을 가린 낯익은 여자
뒤춤에 감춘 비닐봉지 꺼내 어둠을 헤집는다

사노라 굴곡이 없으랴
꾹꾹 눌러둔 멍에를 풀며
스스로 다독이듯 어제를 뒤적거리는

애증은 내 안의 빛, 감춘 행위라서
빈 수레 가득 믿음을 싣고
남은 사랑이 어둠을 끌고 간다

잦은 기침으로 끓는 목 추스르며
말없이 뒤를 따르는 그림자 있다.

위위불진(爲爲不盡)
― 금초 정광주전

해도 해도 다함이 없다
기교 없이도 예스럽고 소박한

전 · 예 · 초 · 해 · 행서 부릴 내밀고
더불어 함께하는 공간미

화업 50년 필향을 만민에 새기며
되돌아 자신을 반추하는

예는 꾸미지 않음으로 나타나고
도는 꾸미지 않음으로 이루어진다고

영원히 끈질긴 생명력 금초라 하여
비둘기도 참새도 한 세상 누리라 하더라

만물은 제동이라 하더라.

제4부

진도, 그 거리쯤에서

벽파항

먼발치 선산이 보이는 원포리 부둣가
한 줌 재로 이별한 형의 물길 좇아 벽파항에 이르니
사연도 많은 물결이 세차게 다가와

품은 것이 많아 거품으로 내뱉는 허허로움 같은
사노라며 잊어야 할 것들이 더러는 더 생생하게
물보라를 피우기도 하는 것을 보면

정유년 어느 날의 고혼이 갈피도 없이 찾아와
소스라쳐 곡하는 소리 같기도 하고
철선에 기대 낮달처럼 떠나온 내 마음 같기도 해

돌아와 더 크게 부서지는 포말에 귀 기울여보니
아리 아리랑 서리 서리랑 살아낸 설움들이
지난 상처 다독이며 찰싹거리던 것을

멀어진 그리움 연신 폰에 담는
흘러간 아내의 큰 설렘도 두근두근 다가오더군.

피뻘등*

녹진 바다 돌아서는 썰물에
눈을 뜨는 것들 떠올리다 보면
정유년 피비린내에 놀란 갯것들이
대대로 이어온 이야기 하나쯤은
기꺼이 들려줄 것 같아서
정지된 시간을 붙잡아보는 것인데

그쯤이면 고요하던 물비늘이
거품을 물고 핏발 선 물살로 살아나
절규 같은 함성이 용머리를 들어
우수영 지나 회오리치는 울돌목 이르면
더러는 쓰러지고 남은 놀은 산산이 부서져
큰 파도로 일어서기도 하는

승전의 북소리도 외마디 비명횡사도
허우적거리는 바닷가
맺힌 분노란 저리 오가는 것인지

갯벌도 차츰차츰 검붉어지더라.

* 피뻘등 : 명량해전 시 왜군들의 피로 물들었다는 개펄.

진도, 그 거리쯤에서

첨찰산 봉홧불이 꺼지고도 한참

점멸하는 고도(孤島) 어딘가로 날아가던 뱃고동 소리
낯선 너와 걷는

지아비 지어미 품 떠나 어디선가 맨땅에 뿌리내려
목대를 키우던

으슥한 도시 뒷골목 배회하던 섬뜩한 안광에
멈춘 그런 날

멍석에 누워 글썽이며 맞던 모깃불과 쏟아지던 별까지
사분사분 내려와

해풍에 시퍼렇게 차오르던 곰솔이나 목화송이 닮은
순박함에 몸소

환란 고개 수없이 아리랑으로 넘겨 강강술래로 풀던

혼들이 아직껏

홍주로 물들어 있는 까닭일까 반가운 진돗개
동구 밖을 짖는다.

감서리

　질척하게 내리는 비에 옛 생각이 난다며 안부를 묻던 친
구가
　어린 시절을 들춰내

　허름한 집이라도 뒤란이나 앞마당 두엄 베늘 곁 감나무
한 그루쯤은 있었지만
　대부분 땡감 아니면 접시감이어서 떨어진 감이라도 우려
먹곤 했지

　서울에서 성공했다는 분께서 크게 집을 짓고 담장 따라
감나무를 심었는데
　감이 크고 달다는 소문이 자자하던 터였지만 큰 개가 지
키고 있어

　초가을 저녁 여느 때처럼 창수네 아랫방에 모인 성선이
와 나는 도원결의나 한 듯
　출출한 배를 쓸며 눈을 맞추곤 가을비 내리는 어둠을 틈
타 그 집 담장을 넘는데

언제 왔는지 그르렁거리는 소리에 놀라 뭐 빠지라고 튀었지

성선이는 손가락 사이가 찢어지고 내 배엔 긴 핏자국이 생기고 창수는 연신
제기랄, 서울 인심 더럽군, 담장 위에 유리 조각을 박아 놓다니, 씩씩거리던
그 쫀득한 순수, 빗물에 젖던 날.

댓돌에 눈이 가네

늦가을 빗소리에 눈 감아보면
마음 한구석도 젖어
창밖을 떠돌던 것들이 찾아오기도 하는데
새벽이면 정화수에 손 비비던

언제부턴가 부서진 부엌 쪽문으로
온갖 소문들만 들고 나
솥단지 걸린 아궁이에 타다 만 부지깽이며
수 식솔 치다꺼리했을 찬장도 헐어

비운 만큼 쌓인 먼지를 털며
툇마루에 앉으면
호롱불 아래 헌 데 깁던 아낙의 잔기침이
인기척을 하는 듯

수취인도 없이 나뒹구는 희미한 이름이며
흔적 없는 외양간
콧구멍 벌렁거리며 반기던 누렁이도

통새로 이어진 돼지우리만큼 아련하여

멀찍이 날 감시하듯 웅크리고 앉아
주인 행세하는 통통한 길고양이만
고샅 누군가를 기다리고 있는
댓돌에 두 발 모은 꼬부라진 털신 눈이 가네.

현우랑께 그라네

삼우제 끝나고 첫닭도 울기 전
가물가물 멀어지는 것들
손으로 꼽아가며
꼬인 인연이나 풀듯
근 백 년의 연줄을 퍼 올리는

줄기도 없는 눈물샘 지그시 누르고
손바닥 비벼대며 곁에 없는 이름들
더듬기도 하다가
"워매, 징글징글한 놈의 시상
짚신 한 켤레면 저승길은 그만인데"

"해노야, 쩌기로 간 거시기가 누구냐"
소태 같은 목울음
자는 척 뒤척이다 어룽진 베갯잇
"거시기는 무슨 내 이름은 현우랑께 그라네"
선문답이나 하듯 던진

동네 초입 선바우독
형의 금줄이 걷히던 날이었다.

자네 참 용하네

아득한 보릿고개

그리움은 내가 아니라는 듯
정신은 혼몽 속 먼 길
많이도 잊고 살아왔구나! 치면

약국은 멀고 익숙함은 가까워
무당이던 돌깨네 시퍼런 칼날이
달빛으로 꽂히던 멍석 깔린 마당
서슬 퍼런 요령 소리
으스스한 주문에 주눅 든
넋 나간 어린 의식이 떨고 있지

"자네 참 용하네"
보리쌀 건네며 무심히
툭 던진 엄니의 미소에
두려움도 배앓이도 잊고 벌떡 일어서던

시큰한 콧등
오한처럼 번지는 웃음도 있지.

수심(愁心)

오래도록 빈집에 든 날은 잠버릇도 바뀌어
다리를 구부리고 허리는 더 둥글게 말아
왼쪽 오른쪽 어머니 젖줄 더듬어 홀로 누워

힘드셨죠?
"너처럼 어렵게 세상 나온 놈은 없을 거다"
환청인 듯 맴도는

아픔 없는 사랑을 포장하는 나와
무거운 아픔을 거두지 못한 온돌방 아랫목에서
끈적한 눈시울이나 훔치다가

백세 지팡이를 받아 가라는 전화를 받고
면사무소 다녀오던 묵정밭
명아주 튼실한 목대가 흔들림도 없이 꼿꼿이 서

발길 멈추고 우두커니

멀리 요양병원 간판 위에 앉아
젖은 날개를 퍼덕이는 새 한 마리 보았네.

초헌 잔 올려놓고

제사상 차리다 말고
풀벌레 짜릿한 목소릴 들었다
창밖 별빛도 기척하며 드는데

지난 길섶 뒤돌아보는 바닷가 어디쯤
시시로 작아지는 눈썹 닮은 달
싸륵싸륵 밀려오고

해마다 켜는 향불 변함없는데
야윈 볼 남기고 간 아득한 거리
그림자는 희미해

초헌 잔 올려놓고 애써 돌아서서
썰렁한 빈자리 축문으로 채우며
홀로 올리는 절

가거든 생각도 다 지우고 가지

지울수록 깊어지는 한숨이나 붙잡고

음복주로 달래는 가슴 앓이가
정이란 말이냐.

파문 1

와불님 모로 누워 한뎃잠 주무시는 콧잔등
실잠자리 쉬어가다 목어 소리에 놀라
바삐 젓는 날갯짓에
천년 원(願)을 안은 바위 꽃이 보살 웃음을 내주는

한 세상 제아무리 고운 음색으로 도배를 해도
스물네 번의 꽃바람 쐬고 보니
하늘거리는 나비 날갯짓에도 붉은 멍울이 지고
끝내 바람에 이르지 못한 통증만 동심원 되는

저 환장할 무위(無爲) 이면 좀 보아라.

파문 2

새벽녘 삼겹살에 혁명을 반문하던 이들과 헤어져 방에
드니
이런저런 인연들마저 허락도 없이 들어와 낯을 붉히는
사이
귓등으로 흘린 소리까지 제각기 음계를 이뤄 징징대는
꼴이라니

조용히 호접란 분에 바크를 채우는 만큼이나 소중하다
여긴
자존의 꽃 한 번 피우기 위해 비워가는 법을 배워야지만
나풀거리는 호접꽃 어디에도 벌 나비 하나 찾아온 적이
없어

쪼그라든 몸, 공존의 실뿌리라도 건사키 위해 밑거름을
뿌리며
멀어지는 무념의 끝쯤에 바람도 없이 허무를 지키는 것들
쳐내기도 하면서 꾹 다문 입가에 번지는 뜨거운 결들.

마지막 꽃도 지네

별도 없는 밤, 바람만 거세
잡히지 않는 사랑은 어둠에 묻혀
누군가 흘리는 외로운 달빛
떨어져 쌓이네 흩어지네

처음처럼 새롭던 꽃잎도 향기도
나만 홀로 길어내는 우물물인 듯
넘치는 사연들 기다림 되어
제 무늬마저 보내고 나면

줄기마다 굵어오던 아픔이 아직 남아
씨방을 톡톡 터트리는 것이어서
얼굴 붉히며 멀어진 꽃잎처럼
남몰래 자분자분 떠오를지 몰라.

겨울, 소화네 집

벌교 회정리 부잣집에 몰래 들어온 사내가
소화다끼께 퍼질러논 연정이 사뭇 깊었는지
토벌대도 마다 않고 내통하곤 하더니
부용산이 다른 주검으로 홍교를 건너오던
순하디순한 인민들께 목례를 하기도 하는
부잣집 뜨락 동백꽃 나뒹굴던 어스름
무당집 귀퉁이에 물지게만 걸어두곤
석거리재 넘어 율어 어드메서
피의 연서를 쓰고 있을 선연한 임 모습 붙안고
몸서리쳤을 새끼무당 앙가슴 할퀴는 댑바람만
신당을 지키는 겨울, 소화네 집.

큰 나무 그늘

큰 나무 그늘에 앉아
사방을 가로지른 뿌리를 보네

연민이란 먼저 손을 내미는 것이라고
팔천의 감정을 얼굴에 담은
호불(好不)은 심중에 숨긴 집착

상처 난 꽃이 씨방을 갖는다지만
너른 품을 위해 작은 생명의 목을 조이는
불거진 뿌리도 있어

빠르게 너를 감춘 말이나
관능으로 헤픈 인연은 만들지 말 것이니
날개도 없이 허적한 길을 가는 누군가에
꽃의 내면을 조잘거리지 말자.

동천(冬天)

나무들이 자꾸
바람의 폭을 넓히고 있다
휘잉, 툭
마음 하나가 비워진다.

긴 시간의 너른 품

맹문재

1.

박현우 시인의 시 세계를 형성하는 주요 요소이자 토대는 시간 인식이다. 시는 본질적으로 시간 예술에 속하므로 시간성을 띠는 것이 그의 시 세계를 부각하는 특징이라고 볼 수 없지만, 지배적인 면이기에 주목된다. 시인은 작품에 등장하는 인물들의 행동이나 상황을 시간 인식으로 반영한다. 지나간 시간을 단순히 회상하는 데 그치지 않고 현재나 미래의 시간으로 연결해 존재성을 나타내는 것이다.

시인의 시간 인식에는 자기를 긍정하는 세계관이 들어 있다. 이 세계 속에서 자기 존재를 부정하거나 배제하지 않고 지속적으로 견지한다. 자기의 처지를 비관적으로 여기기보다는 만만하지 않은 삶의 조건들을 기꺼이 품고 나아간다. 분노나 불안 같은 정서에 굴복당하지 않고 "세상에 눈감는

자는 되지 않"(「꽃 편지」)는 자세로 사회적 참여를 늘인다. 이기적인 자세에서 벗어나 주체적인 사고로 타인과의 친밀감을 높이고 신뢰를 쌓는다.

자본주의 체제에 순응하는 사람들은 자기 이익의 추구에 함몰되어 다른 이들과 경쟁할 뿐 연대의 기회를 마련하기가 쉽지 않다. 사회의 한 구성원으로서 공동체 가치를 추구하지 못해 "너무 많은 뻥에 뻥튀기를 당"(「뻥을 튀기는 리어카 옆에서」)하는 것은 물론 자기 자신으로부터도 소외당한다. 시인의 시간 인식은 이와 같은 상황에 놓인 사람들의 자기애를 회복하는 역할을 한다. 사회적 존재성을 자각해 궁극적으로 다른 사람들을 품는 인간 가치를 추구하는 것이다.

시인은 시간을 연대기적으로 기술하지 않고 입체적으로 구성해 현실을 인식하는 거울이나 미래를 지향하는 푯대로 삼는다. 결과보다도 과정에 대한 이해와 탐색으로 사람들과 함께하는 세계관 및 역사관을 제시한다. 시인의 그 시간 인식은 사실을 기억하는 감각과 사회적 정서가 더해져 넓고도 무겁다. "질주하는 세상을 버텨온 낮은 허리에 묶인 또 다른 보따리"(「보따리 두 개」)처럼, 또는 생명체를 품는 보금자리처럼 깊고 따스한 것이다.

2.

마당 가득 보릿대 쌓이고
타작기도 신명 나게 난장을 칠 적이면
일꾼들 얼굴 가득 땀 먼지 범벅되어
번들거리곤 했지

이따금 시원케 바람이라도 칠 양이면
흩날리는 꺼시라기에
타작기 멈춰두고 땀을 훔치며

워따메 징한 것들 그 틈에 사타구니 파고든다며
우스갯소리 잘도 하던 개울재 아짐도
새참이 늦어서 선소리가 안 나온다며
타작기 늦추던 선배 아재도 없는

고창 청보리밭 축제 사람들 틈에 끼어
까칠한 땡볕 속 거닐다 보니
한 시절도 어느덧 바람의 시가 되어
깔끄럽게 출렁이고 있었네.

—「청보리밭에서」 전문

작품의 화자는 "마당 가득 보릿대 쌓이고/타작기도 신명
나게 난장을" 친 날을 기억한다. 특히 그날의 "일꾼들 얼굴

가득 땀 먼지 범벅되어/번들거리"던 모습을 가슴속에 품고 있다. 보리를 타작기로 털지만, 완전한 자동이 아니므로 여전히 사람의 손이 많이 필요해, 일꾼들의 얼굴은 땀과 먼지로 범벅일 수밖에 없었다.

그렇지만 화자는 힘들고 지친 타작 장면만을 기억하는 것이 아니라 그 상황 속에서도 거뜬하게 일하는 사람들을 떠올린다. 이따금 시원한 바람이라도 불어오면 "흩날리는 꺼시라기에/타작기 멈춰두고 땀을 훔치며//워따메 징한 것들 그 틈에 사타구니 파고든다며/우스갯소리 잘도 하던 개울재 아짐"을 소개한 것이 그 예이다. "새참이 늦어서 선소리가 안 나온다며/타작기 늦추던 선배 아재도" 그러하다. 선배 아재가 타작기를 늦춘 것은 일하기 싫어서라기보다는 힘든 상황에서도 여유를 가지고 일한 모습으로 볼 수 있다.

화자가 소개한 개울재 아짐이며 선배 아재 같은 일꾼들은 이 세상에 존재하지 않는다. 화자의 가슴속에 여전히 살아 있지만, 시간을 타고 다른 세상으로 갔다. 화자는 그들이 떠나간 시간의 뒤쪽에 올라타서 "고창 청보리밭 축제"에 이르러 "사람들 틈에 끼어/까칠한 땡볕 속 거닐"고 있다. 타작기를 돌리며 보리를 털던 일꾼들과 함께한 시간으로 들어가, 일이 힘들었지만 정답고 인정 넘치는 그들과 어울리는 것이다.

화자는 그 시간이 "어느덧 바람의 시가 되어/깔끄럽게 출렁이고 있"다고 노래 부른다. 지나간 시간을 현재의 시간과

결합해 새로운 시간을 창조한다. 더욱 생동감을 가지고 보리 타작하던 사람들과 공동체의 삶을 영위한다. 서로의 친밀감과 신뢰를 바탕으로 풍성한 시간을 만드는 것이다.

> 노친네 세 분이서
> 버스 정류장 의자를 차지하고 앉아
> 함께한 육십 노인 처지를 묻는데
>
> 긍께라,
> 올 엄매도 아흔이 훌쩍 넘었는디
> 삼십 줄에 홀로 돼 쌩고생하는 게 짠해서
> 어찌어찌 함께하다 보니
> 이젠 온 삭신도 쑤시고
>
> 그랴,
> 자석인께 차마 눈 돌리지 못하고
> 으메, 어쩌겄어 고상은 했네마는
> 아적은 자네, 꽃인께로
> 얼른 보내부러야 쓰겄구만
>
> 쯔쯧.
>
> —「아적은 꽃」 전문

위의 작품에 등장하는 인물들의 나이는 "노친네 세 분이서/버스 정류장 의자를 차지하고 앉아/함께한 육십 노인 처지를 묻는데"서 볼 수 있듯이 육십 대 이상이다. 그중의 한 노인은 "긍께라,/울 엄매도 아흔이 훌쩍 넘었는디"라고 말하듯이 아흔이 넘은 어머니를 모시고 있다. 그 어머니는 "삼십 줄에 홀로 돼" 가장으로서 자식들을 키우느라고 갖은 고생을 했다. 그래서 자식은 어머니가 "쌩고생하는 게 짠해서/어찌어찌 함께하다 보니/이젠 온 삭신도 쑤시"는 상황이라고 토로한다.

노인의 말을 들은 다른 노인은 "그랴,/자석인께 차마 눈 돌리지 못하고/으메, 어쩌겄어"라고 공감한다. 힘들지만 자식으로서 부모를 섬기는 일이 마땅한 도리이기에, "생살 뚫고 나와 제 허물도 못 벗고 가는 놈들 수두룩"(「매미」)한 세상이기에, 그 노인을 지지하는 것이다. 그리하여 "고상은 했네마는/아적은 자네, 꽃인께로/얼릉 보내부러야 쓰것구만"이라고 응원한다. 지금까지 고생해왔고, 아직 꽃다운 나이인데도 불구하고 앞으로도 고생할 테니, 노모를 얼른 하늘나라로 보내야겠다고 전한다. 언뜻 들으면 어른께 불효를 끼치는 말이지만, 이제까지와 마찬가지로 계속 잘 모실 것을 믿기에, 그 나름대로 지혜를 발휘해 표현한 것이다.

그렇지만 그것이 얼마나 어려운 일인지 잘 알고 있기에 끝내 "쯔쯧"이라고 한탄한다. "긴병에 효자 없다"라는 말도 있듯이 육십이 넘도록 어머니를 모시는 일은 결코 수월한 것이 아니다. 이웃 노인은 그 점을 끌어안고 위로하며 연대한다. 무너진 가족 공동체 대신 사회 공동체가 아직 확립되지 않은 상황이기에 이웃 노인의 자세는 매우 소중하다. 친밀감을 토대로 개인적인 윤리뿐만 아니라 사회적인 윤리를 만들어가는 모습인 것이다.

3.

> 은, 연, 진, 옥, 미, 선이
> 선이네 가게에서 만났습니다
>
> 은이가 병권을 쥡니다
> 제 말대로 소맥을 잘 말아 돌립니다
> 각자 방식대로 시원케 잔은 비워지고
> 첫 인연의 시절로 붉어집니다
>
> 흘려보낸 시간만큼이나 되도록
> 풋풋한 얼굴로 마주하는
> 신산이 섞인 침방울을 튀깁니다
>
> 둥굴레 무리 가장자리 차지하고 피우던
> 애기나리꽃 닮은
> 저마다 별꽃 한 송이 가슴에 안고 살아낸
> 섞어 치는 잔이 애틋합니다

고추 안주가 맵다고 하자 한 친구 나서며
선생님 앞에서 죄송하지만
아무려면 세월보다 맵겠나?

평택으로 간다는 '미'를 배웅하며
뒤돌아서는 뒤통수가 사뭇 땡기더니
제 낯도 점점 뜨거워졌습니다.

　　　　　　　　　　　　　　　—「아무리 맵다고」 전문

위의 작품의 화자는 "은, 연, 진, 옥, 미, 선이" 등의 제자들
과 "선이네 가게에서 만"남을 갖는다. "은이가 병권을" 쥐고
"제 말대로 소맥을 잘 말아 돌"리자 "각자 방식대로 시원케
잔"을 비우면서 "첫 인연의 시절로 붉어"진다. 스승과 제자 사
이는 물론이고 제자들도 서로 오랜만에 만났기에 "흘려보낸
시간만큼이나 되도록/풋풋한 얼굴로 마주하는/신산이 섞인
침방울을 튀"긴다. 학창 시절의 추억이며 졸업한 뒤 사회인으
로서 어렵게 살아온 사연들을 서로 주고받는 것이다.

화자는 스승으로서 제자들의 이야기를 들으며 애처로운
마음을 갖는다. "둥글레 무리 가장자리 차지하고 피우던/애
기나리꽃 닮은/저마다 별꽃 한 송이 가슴에 안고 살아낸" 시
간이 애틋하게 느껴지는 것이다. 그러던 중 한 제자가 "고추
안주가 맵다고 하자 한 친구 나서며" 말한다. "선생님 앞에서
죄송하"다고 예를 갖춘 뒤 "아무려면 세월보다 맵겠냐?"라고

삶의 어려움을 토로한 것이다. 화자는 그 제자의 매운 인생살이를 들으면서 자기의 삶이 그에 비해 맵지 않았다고 생각한다. 그리하여 "평택으로 간다는 '미'를 배웅하며/뒤돌아서는 뒤통수가 사뭇 땡기"고, "낮도 점점 뜨거워"지는 것을 느낀다.

화자는 제자들과 함께한 시간을 현재 인식의 토대로 삼는다. 과거에 치열하게 살지 못한 것에 대한 반성을 현재의 삶을 비추는 거울로 여기는 것이다. 화자의 이러한 인식은 제자들과 함께 형성한 것이기에, 즉 스승과 제자의 신뢰 관계로 이루어진 것이기에 의미가 크다. "가버린 시절 허리 굽히는 동안/다가오는 모든 것이 그리움"(「갔다가 또 와」)이라고 여기고, 함께했던 시간을 견뎌내는 힘으로 삼는 것이다.

> 사업을 하다가 사기를 당했다는 후배
> 몇 순배 돌자 하는 말이
> 성님, 그랑께 한때는 나도라
>
> 이리 보고 저리 재며 요 핑계 저 핑계
> 잘도 지우던 그런 시절 있었지만
> 시방 거시기 두 쪽만 차고 보니
> 둘러대며 달려온 만큼 얼룩진 흔적 하도 많아
> 싸잡아 몽땅 지우고 가야 쓰겄는디
> 얽히고설킨 이놈의 팔자는 어떻게 지운다요

가닥가닥 풀어서 살풀이라도 하고 잡소만
구순 넘긴 엄니 두고 굿판 열
그런 자석 어디 있겠소
워메, 복창 터져라 신물이 다 나요
이내 간장 타는 심사 박박 지울
그런 지우개는 없을꺼라?
성님도 내 처지나 다름없응께
속이나 시원하게 말씀 좀 해주쇼

그려, 그런 것 있음 날 지우고 자네 줌세.

—「지우개를 찾습니다」전문

위의 작품의 화자는 "사업을 하다가 사기를 당"하는 바람에 형편이 매우 어려운 후배의 하소연을 듣는다. "몇 순배 돌자 하는 말이/성님, 그랑께 한때는 나도라"라고 신세 한탄을 한다. 사업이 잘 되어 돈이 여유가 있을 때는 "이리 보고 저리 재며 요 핑계 저 핑계/잘도 지우던 그런 시절 있었지만" "시방 거시기 두 쪽만 차고 보니" 그럴 수 없다는 것이다.

후배는 "둘러대며 달려온 만큼 얼룩진 흔적 하도 많아/싸잡아 몽땅 지우고" 싶어 한다. 그렇지만 얼룩진 시간의 흔적은 지울 수 없기에 그것은 불가능한 일이다. 그리하여 후배는 화자에게 "얽히고설킨 이놈의 팔자는 어떻게 지운다요"라고 하소연한다. 마음 같아서는 "가닥가닥 풀어서 살풀이라도 하

고" 싶지만, "구순 넘긴 엄니 두고 굿판 열/그런 자석 어디 있
겠소"라고 금세 포기한다. 후배는 이러지도 저러지도 못하는
자기의 처지를 어떻게 할 수 없어 "워메, 복창 터져라 신물이
다 나요"라고 한탄하며 "이내 간장 타는 심사 박박 지울/그런
지우개는 없을꺼라?" 하면서 화자에게 도움을 청한다.

후배가 "성님도 내 처지나 다름없응께/속이나 시원하게 말
씀 좀 해주쇼"라고 말하는 것을 보면 화자의 형편도 만만하
지 않다는 것을 알 수 있다. 화자는 후배의 말을 순순히 인정
하고 "그려, 그런 것 있음 날 지우고 자네 줌세"라고 대답한
다. 화자 역시 힘든 삶을 해결할 뚜렷한 방책이 없음을 실토
하는 것이다. 두 사람 모두 여러 가지로 뒤얽힌 사정으로 말
미암아 힘든 시간을 보냈고, 현재에도 마찬가지이다. 자본주
의 체제가 요구하는 삶의 굴레를 벗어나지 못하는 형편을 여
실하게 보여주는 것이다.

4.

누군가를 잊으면 괴로움이듯
지난 상처까지 찾아볼 일이지만
동명동 후미진 골목을 밝히던 덩굴장미
그 집에 살던 아이 어디론가 끌려가
애비 숨을 조일 때
더 아프게 담장 타고 오르던

그마저 우리 안에 받아들이며
그렇게 살아온 아픔 보듬어보는 일
그토록 함께 살아보는 일
눈물 마른 어미의 저민 사랑 같은
지산동 뻐꾸기까지 목 놓아 우는
저 붉은 오월의 하늘 우러를 일이다.

―「통증」 전문

위의 작품의 화자는 "누군가를 잊으면 괴로움이듯/지난 상처까지 찾아"본다. 그 한 가지가 "동명동 후미진 골목을 밝히던 덩굴장미/그 집에 살던 아이 어디론가 끌려"간 사건이다. 화자는 끌려가서 돌아오지 못하는 아이에게는 물론 "애비 숨을 조"인 시간에 가슴 아파한다. 그리하여 골목을 밝히며 "아프게 담장 타고 오르"는 덩굴장미를 다시 바라본다. 그 상처를 안고 오르는 모습을 새롭게 발견한 것이다.

그 아이가 어디로 끌려갔는지, 누군가에 의해 끌려갔는지 알 수 없다. 그렇지만 뜻하지 않은 봉변으로 그의 생사를 알 수 없는 것은 분명하다. 그리고 그 아이의 아버지가 숨을 조이며 살아온 시간도 사실이다. 만약 그 아이가 범죄 조직 등에 붙들려 갔다면 당연히 경찰 등에 신고했을 것이고, 그렇게 되면 가족은 조금은 덜 숨을 조이며 살아왔을 것이다. 따라서 아이를 붙들어간 주체를 그 이상으로 생각해볼 수 있다. 가령 학생운동이나 노동운동하는 사람들을 국가의 수사

기관이 불법적으로 끌고 간 역사가 있기 때문이다.

화자는 그 일을 "오월 한복판에서 아무래도 나는/슬픔의 파편이나 끌어모으는 방관자 같"("아무래도 나는」)다고 반성하면서 "우리 안에 받아들이며/그렇게 살아온 아픔 보듬"는다. 삶의 행복을 상실한 이웃을 포용하고 "함께 살아보는 일"이, 곧 "눈물 마른 어미의 저민 사랑 같은/지산동 뻐꾸기까지 목 놓아 우는/저 붉은 오월의 하늘 우러를 일"이라고 생각하는 것이다. 그 아이의 사건이 오월의 하늘과 연관된 것으로 보아 역사적인 상황이 유추된다. 다시 말해 그 아이가 광주 오월 민중항쟁의 희생자로 연상되는 것이다.

화자는 그 아이의 문제를 역사적인 상황과 관계가 있다고 인식한다. 그리하여 아이의 문제를 파악하기 위해 그를 둘러싸고 있는 사회적 환경을 살핀다. 그의 상황을 하나의 관점으로 국한하지 않고 다른 관점으로까지 확장한다. 그의 존재가 사회적 조건과 어떤 관계가 있는지, 역사적인 차원에서 어떤 의미를 지니는지 등을 탐색하는 것이다. 이웃과 함께하려는 화자의 자세는 사회 및 역사의 구성원으로서 임무를 수행하는 것으로 볼 수 있다.

화자는 그 아이를 소극적인 것이 아니라 지속적이고 구체적이고 참여적인 자세로 품는다. 사회적인 존재로서의 자각을 토대로 이 세계를 선택하고 집중하고 판단한다. 자장을 펼치고 어휘를 변주하고 비유를 생성한다. 현재진행형의 시간 인식으로 파편화된 자신을 극복하고 소외된 존재들과 함께하는 공동체의 가치를 추구하는 것이다.

孟文在 | 문학평론가 · 안양대 교수

푸른사상 시선